翠穂

杉本翠穂川柳句集

新葉館出版

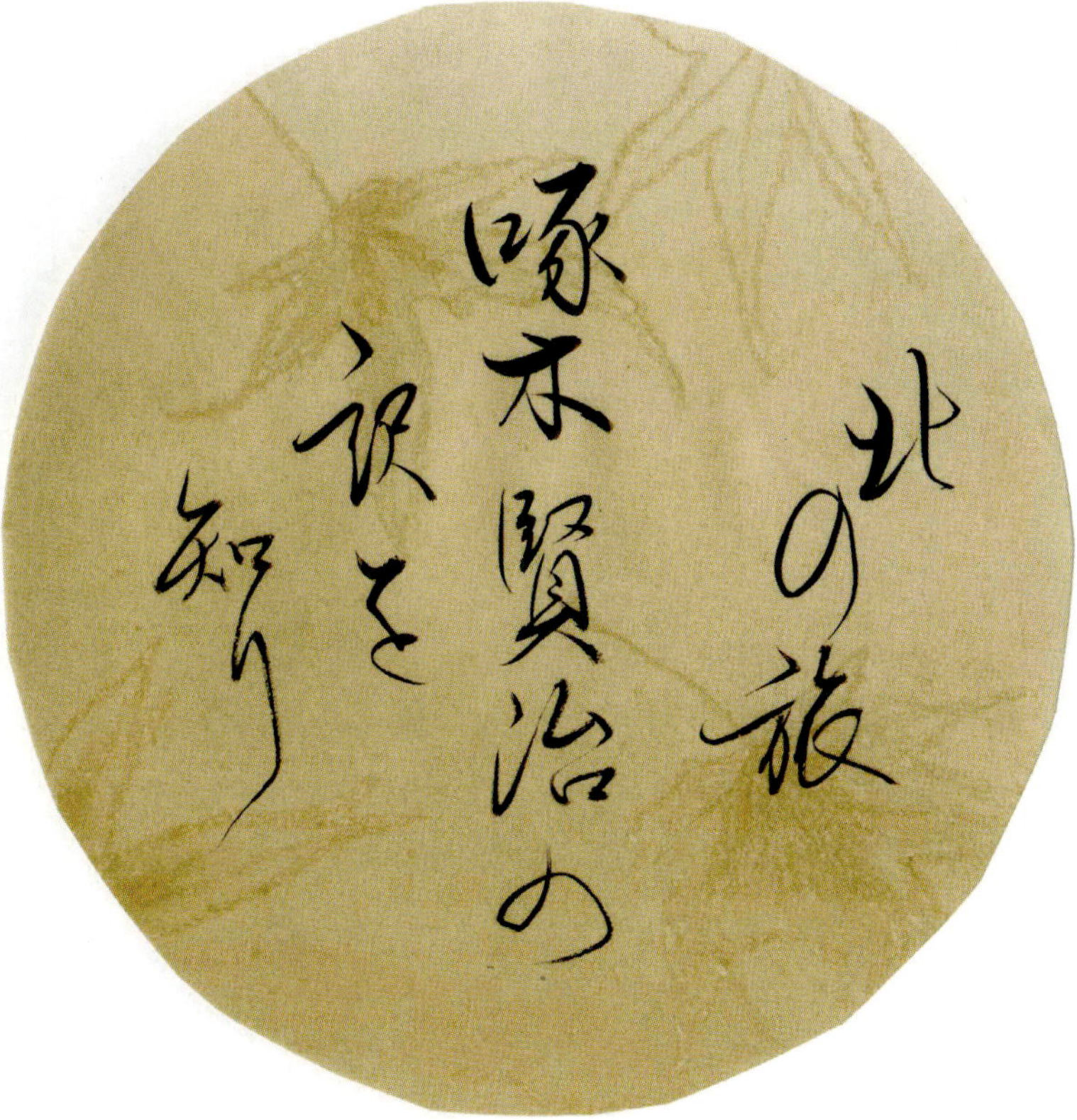
北の旅
啄木賢治の
訳を
知り

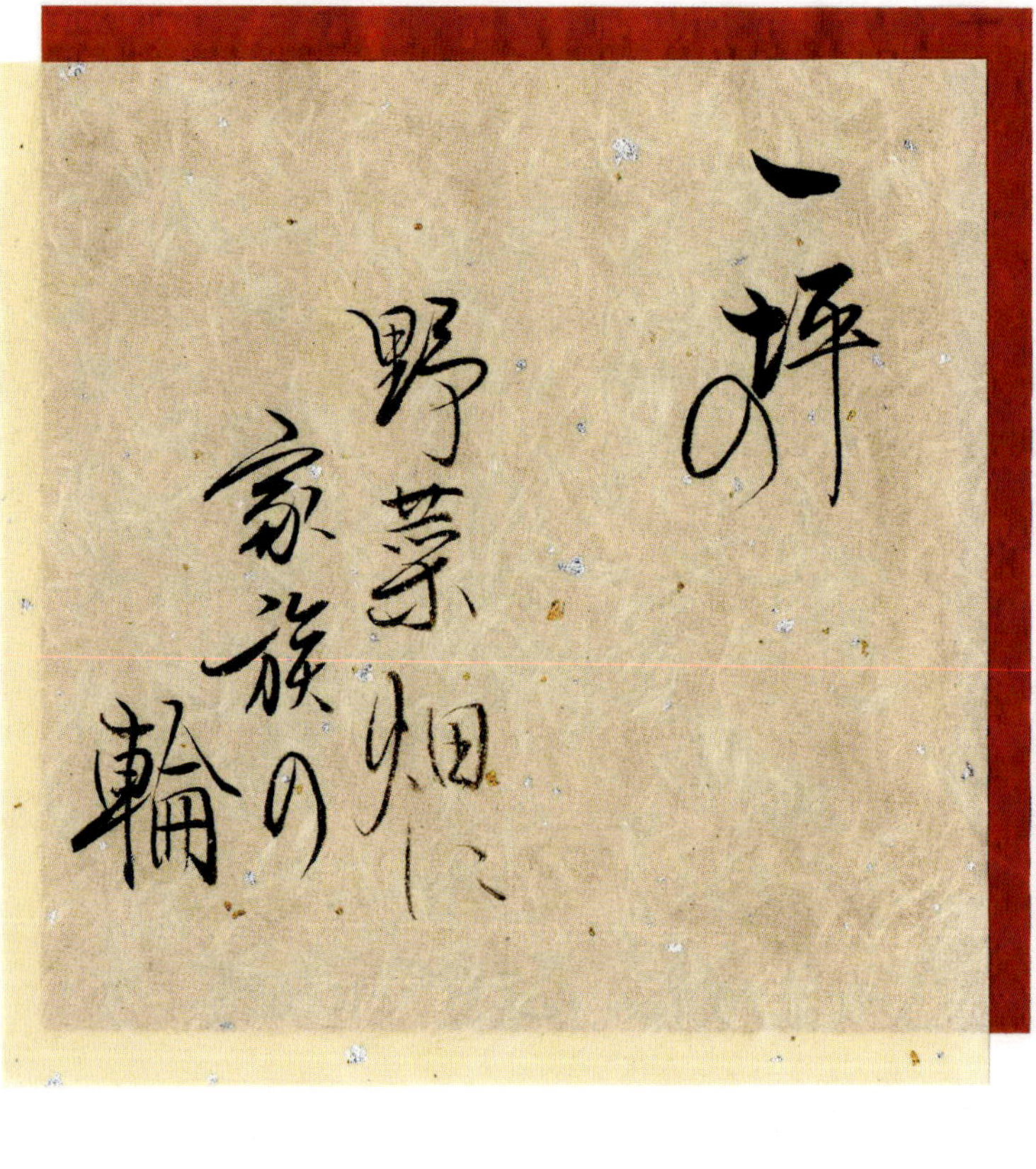
一坪の
野菜畑に
家族の
輪

渓流の
鮎を
まぶしく
釣る
詩情

子が
投げた
笑い袋へ
家庭の
和

日本に
野だての
華美な
風景画

序

寡黙《かもく》な足音《あしおと》
―杉本翠穂小論―

佐藤岳俊

炎天下でサルスベリの朱の花が燃えている。「川柳はつかり」に白石朝太郎の推薦作品がはじめて刻まれたのは、昭和四十二年の三月号であった。その先頭に川柳作家、杉本翠穂の作品が載っている。

三面鏡はなれ満足そうな顔
熱帯魚越しの二人の或る構図

その時彼は三十歳をわずかに越えていたが、「三面鏡」に向かってはなれる女性に「満足そうな顔」を添えたのは鋭い眼である。
「熱帯魚」の向こうに動く二人を幾何学的にとらえた作品は、泳ぐ熱帯魚に静かに解けあってくる。

「川柳はつかりの生みの親は私だ」と白石朝太郎は呟き、彼の推薦した川柳作品が昭和五十五年六月一日に「白石朝太郎推薦句集」として世に出た。そこには五十五人の新鮮な川柳作品が集積されている。

その中の杉本翠穂作品と共に歩いてみる。

整形の貌を四角にして都会
早春のもだえと化して夜の吹雪
何んとなく扇子の気ままな風が好き
浪曲に日本の古きよき時代
真実の声を絵にしてプラカード
チャンネルは入試の終えた子にまかせ
小刻みな余震にこけし過敏症
未来図の隅に小さく飯場の灯

杉本翠穂はダンディーな川柳作家である。いつもキリリとした紺色の身なりをして、音もなくスッと現われる。つまり寡黙な足音が彼の出現であり、その顔にはにこにこの笑みがあった。

その笑みの眼の奥で川柳のテーマを鋭く切り取っていく。その眼は転勤族の一人として岩手県内を数多く歩いた視界を湛えていた。

杉本翠穂の川柳作品にはいつも流れている風があった。「早春のもだえと化して夜の吹雪」「何んとなく扇子のきままな風が好き」「真実の声を絵にしてプラカード」「小刻みな余震にこけし過敏症」「未来図の隅に小さく飯場の灯」等に流れている風は、社会の中の影の地帯にある光景であり、杉本翠穂川柳の息とも言うべきものである。

木枯しへ球根はただ眠るだけ
恋猫が眠る春光魔力めき
生花のほど良い微笑愛される
過疎哀しおなごととしよりだけ動き
狭霧踏む農夫裾から濡れて行き

母と娘の絆たがいに髪を梳く
果てしない夢タンポポは地を離れ
深海の神秘英霊だけが知る

杉本翠穂の眼はいつも北風の中にあるのだが、木枯しを聞く「球根」の円《まる》さに深い眠りを感受して、そこに広がる光景へ焦点を当てていく。

そこには「過疎哀しおなごととしよりだけ動き」の現実が迫ってくる。「子供のいない国は亡びる」と、ベトナムの詩人ホー・チ・ミンは言い残したが、日本の現実はまさにこの光景なのである。しかしこの光景の中で、家庭に眼を移すと「母と娘の絆たがいに髪を梳く」の川柳を彼は内に秘めている。

それは小さい家庭の中の「母と娘」のしっかりとした絆であり、愛情あふれる姿であった。

星屑のつぶやきを聞く耳が冷え
人智まで呑んだ燃えないごみの墓

流星を音もなく呑み過疎眠る
古き良き時代を歌う声は錆び
風だけが抜け伝統の町錆びる

ダンディーな杉本翠穂は、川柳を自らの生き方として歩きつづけた。「人智まで呑んだ燃えないゴミの墓」はスクラップ・アンド・ビルドの名のもとに進む日本の陥穽をとらえている。つまり日本社会の矛盾の影である「ゴミの墓」に帰結して作品化していることが重要なのである。
彼の批判精神は闇を歩く眼となって光る。

おふくろの味をおふくろから学ぶ
まだ燃える火種教える風の私語
掌の皺に農夫の惚れた土が染み
廃屋の煙やせ地にしがみつき

古希をすぎた頃、杉本翠穂は息を吐いた。「川柳はつかりは寂しくも消えた。五百号の記念大会を最後に、振り返ると半世紀が経っていた。…」と。古希から傘寿へ辿り着いた杉本翠穂は「おふくろの味をおふくろから学ぶ」を深く噛みしめながら「まだ燃える火種教える風の私語」を生んでいく。

そこには北風によって火勢を増す「火種」を今も抱きかかえている彼の姿があった。

逆境を覗かれまいとする微笑　翠穂

この川柳作品に彼がじっと抱きかかえて離さない逆境があった。この川柳作品から川柳の持つ風刺と深いユーモアが発散されている。

杉本翠穂はダンディーな影法師を持ちながら、今日も又寡黙な足音で、微笑をわすれずに、ゆっくりと自分の道を歩いていくに違いない。

（岩手県川柳連盟理事長）

揮毫／林　京華

川柳句集　**翠　穂**　目次

川柳句集

翠穂

I
シクラメン

シクラメン
北の無口を
ほころばす

押し花にゆらぐ少女の心電図

花つくる駅長　山の駅愛す

雨垂れの執念を抱く庭の石

子と飾る水木だしごに春の彩

定年のそれから花と住む徒食

花に舞う蝶はひ弱な風を選り

初茸と
出合ふ
冷夏の峠道

初茸のポーズを木洩れ陽から拾う

紫陽花の縋る思いを雨が抱き

押し花の記憶を抱いた古日記

コスモスが
舗道の割れ目で
陽をもらい

非行児の母に欲目の愛を聞く

コスモスの野心石垣から覗き

タンポポの余生ふれあう風に舞う

花の芽を多感な風が来て責める
美しい錯覚電照菊が咲く
花一輪開いて蝶の媚びゆるす

行商の汗 雑草の意地に似る
北国に住み雑草に似た根性
夜桜が 北の無口を ほころばす

寄り道をしない思想の花時計
リンドウが抱く初恋の日記帳
饒舌な風に夜桜散り急ぐ

雑草の意地父の根か母の根か
白菊に黄菊現職の死を悼み
水を吸う花は確かに生きている

大輪の菊へ　セールス世辞を置き
切り花の　美学に愛の脆さ知る
夜桜が包んだ　二人だけの愛

補裝路の隙に生きてる風媒花

スズランの校史に昭和遠くなり

悲しみの彩再婚で塗り替える

逆境を女の涙から拾う

翔んでいる女に愛の履歴聞く

北国の意地を継いでる雪囲い

 翠穂

花時計
四季のリズムを
語り
継ぎ

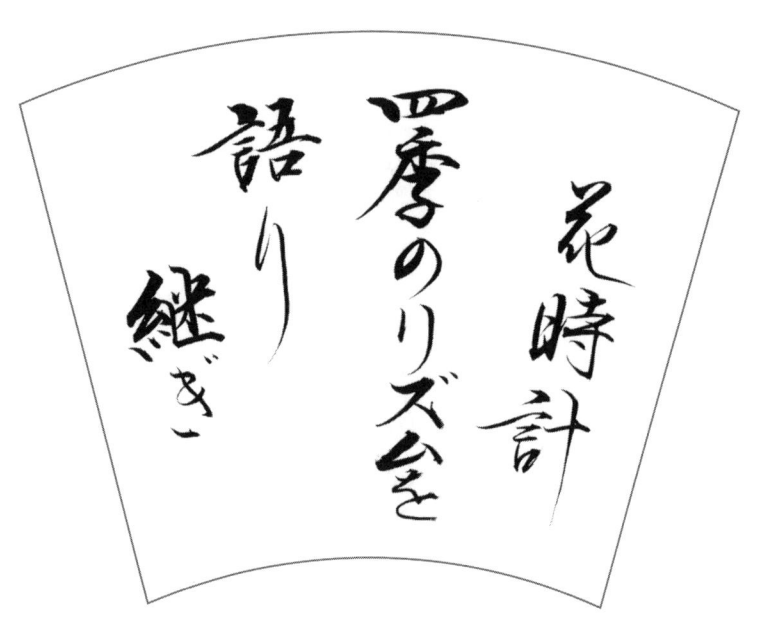

生花の
ほど良い微笑
愛される

サボテンの
或る朝無骨に
花を抱き

可憐さは
轍を逸れて
咲く
野草

饒舌な鍋の煮こぼれ北の味

晩秋の絵図 夕焼けを去る農夫

筵《むしろ》旗 振る陳情の国訛り

北風の歌で球根眠る冬

行商の生き抜く音が乗る始発

旅立ちの稚魚に海水塩からい

遠い日の
軍歌に
無冠の父は
酔う

人間の形にブナ林やせていく
溺愛の紐を引きずる独りっ子
地にもぐる蟻は生き抜く糧を積み

笑ったりすねたり妻のテクニック

退職で夫唱婦随が逆転す

雑草の意地に敗れた鎌の錆

飽食の残りで都会のカラス生き

投げられた笑い袋に座が和み

妻に子に負けて父親丸く生き

夢咲かせ苦を繕って夫婦愛
フルムーンの彩で夫婦の余白埋め
手拍子のエールを敗者から貰う

神の住む高さに置いた虚栄心
改めて境界線の杭を見る
賢明にときに愚かに母は耐え

 翠穂

冬の絵に挑む寒立馬が駆ける

古手紙燃やして過去を消す匂い

ふきのとう摘む北国の句読点

再会の握手に弱っていた涙腺

始発バス街の寸劇動きだす

スイッチを入れると朝の絵が動く

翠穂

敗戦の輪廻を寡婦は抱いたまま

適量の酒で陽気な虫疼き

ファミコンに自我を吸われる独りっ子

関白の夫が持ってる　羅針盤
飽食と平和に伸びる余命表
狂わない時計を　頑固な人が抱き

みぞれから雪北の空喋り出す

だんごにも花道がある春彼岸

活断層日本に困った脈が生き

ハンドルを握るポーズで酒辞退

正論を吐いて二の矢を研いでおく

夫婦愛銀から金になる重味

アスファルト昔ばなしが風化する

リストラへ惜しい侍消えてゆく

両輪の愛へ幼な子ぶらさがる

飢餓を知る　一粒拾う母の箸
人間の欲の死角にヘドロ積む
朝風呂で　旅の煩悩ゆり起こす

夕映えを絵にして夫婦野良を去る

寒立馬 荒ぶ真冬の絵に生きる

耐えてゆく命をひこばえから貰う

天と地の神に祈って種を蒔き

春耕の汗ポカポカの風を抱き

リモコンは妻が握っている余生

 翠穂

倒木に次の命の芽が育つ

妻と子のコントに父は割りこめず

川越える鮭は母胎の匂い追う

湖の鬩いを聞く　凍裂音

大根の艶を流れで洗う冬

直木賞残し分校　閉じる春

食卓が広い夫婦の無言劇

人間の樹海でひろう運不運

揺るぎなき家紋が映える祝い膳

ライバルへ一歩退き二歩進む

修羅の坂越えると人間らしくなる

しがらみの輪を抜け人間臭く生き

神の手に運を任せて働く手

消費税還元セールへ主婦が群れ

米粒の命に天と地の呼吸

ハイテクに囲まれ生きて行くヒト科
エンデバー見た森 地球の宝物
長寿国 厚い カルテと 生きている

枝分かれするほど疎遠になる血筋

歯車のきしみに孫が来て給油

汗を拭く農夫天地に励まされ

騒音と言うまい人間生きる音

年金で描く未来図を笑う鬼

日の丸の傷は昭和史から消えず

翠穂

新しい風が生まれる配置替え

子育ての駅伝六十路へたすき掛け

宿命をひたすら駆ける名馬の血

噓のない大地へ馴染むこぼれ種

百態の人間を吐く朝の駅

栄転の椅子笑いをこらえ掛け

生きてゆく
刻を流れる
砂時計

神の目の届く
あたりに結う
みくじ

枝打ちに
似たりストラを
聞く不況

人間を笑いころげてとり戻す

67　翠穂

Ⅱ 一人旅

充電のいのちへ酌んだ一人旅

嫁ぐ日のさんさしぐれへ涙置く

因習が文化の死角で生きる村

妹が嫁いで姉は後回し
新米が売れ古々米が売れ残り
答え出すプラス思考の妻の辞書

頂点の栄光防弾チョッキ着る
棚田には堆肥の匂う農が生き
角帽を残し学徒兵征ったきり

飛んで来た種を育くむ地の割れ目

ジャンケンポン夫婦に他愛ない余白

コオロギが 庭の千草で研ぐいのち

絡んでも　ほぐれる夫婦という絆

人間へ明日の暦が勇気づけ

ふるさとで素足投げ出す青畳

朝の陽が燦燦足から吸う散歩

長生きの欲は一日一万歩

大人びた小理屈コギャルに主語がない

嫁を貰う折り目正しい若さ褒め

傷ばかり多い若さの失敗談

農薬を抱きラジコンが空を舞う

セールスの嘘も秘めてる棒グラフ

嫁ぐ日の記念に父母へ涙置く

カラフルな絵図夜桜の灯が生きる

強引に 約束させるエゴイズム

連休のゴロ寝飾り気ない自画像

三連休 酒に理性を盗まれる

七癖を抱いて人間らしく生く
母の背に暇という字が刻まれず
ポカポカへ執念の芽が萌えてくる

子に孫に自慢を継がす鹿子踊り

土産土法母に自慢の味があり

花嫁の父ほろ苦く乾杯す

コンビニの深夜フェニックスめく灯り

神様へ夢をまかせた絵馬祈願

聖域の農へ鎌ふる草いきれ

退屈な絵ばかりを画く子の平和

漂着が進む 重油に海が死す

ウインクが明日の恋のシグナルよ

職辞して余生ネクタイ休ませる

初恋を日記に秘めておく美学

白鳥の思慕を無口な川が抱き

体面の祝電紋切り型でくる

人垣の背から覗いた好奇心

愛枯れて眠る日続く砂時計

祈り抱き 灯籠浄土まで流れ
賛美歌が 澄んで祈りが 深くなる
澄んだ瞳に 偽りの愛 告げられず

弾《はじ》しでる男がうっかり落ちた罠

完全に黙った妻の恐い武器

送別の酒へ左遷がこぼす愚痴

一筋の道職人の手の厚さ

六法の厚さに挑んでいる野心

リストラへ消える噂の人惜しみ

さすらいの履歴にしがみつく埃

飢餓の世が風化していくパンの耳

嫁姑おどけの貌も持ちあわす

民宿の鍋で河童の悪さ聞く

返り咲き抱く企ての低姿勢

蛍火を団扇で追った日の童画

賢治生む イーハトーブは 酒の郷

仏にも ヌードにも見え 鐘乳石

産声の こぶしは 生き抜く ポーズ見せ

善悪の言葉選ばぬ九官鳥

連休のゴロ寝背骨が軋みだす

栄転のなじめぬ椅子に浅く掛け

栄転の社宅へ左遷の荷物来る

結局は夫婦で支え合う老後

ライバルの喪を聞き老いが加速する

逢った夜は 愛のぬくもり抱いて寝る

雪憎み 雪をたのしむ北の性

初暦 ストップウオッチ押す元旦

セールスの決め手スマイル絶やさない

リストラであすの絵描けぬ人生観

母六十路 手職の指が荒れている

頂点に佇って前後の敵意識

消し壷に躁からうつの火の記憶

地球儀のかげりに飢えた子の悲鳴

目覚めると 空気も水もうまい過疎

不凍線 真冬の水道 愛を着る

廃止線 ずばり故郷も駅も消え

愚痴となる本音を心の隅で抱く

自分史の終わりで妻に感謝する

口ぐせに麻痺して妻へ生返事

子の進む道父親が掃いて呉れ

先頭に立っていくさの風を読み

高原の暮色に煩悩吸いとられ

充電のいのちに旅の地酒沁み

敗北の味を 夜長の酒で悔い

額縁が永久に抱いてる死後叙勲

信念の歩幅を仰ぐ綱渡り

勤勉な手に止ってた青い鳥

追分で邪心が選ぶ裏街道

生活の知恵を対話で知る親子

冷夏には無力悲しくなる農夫

飲むほどに一気一気が火をつける

人生の区切りで仮面取り替える

感嘆符背にチャンピオン敗れる日

来る来ない花弁と話す揺らぐ愛

頭から煩のう抜いてゆく邪教

再会に新たなボトルの栓を抜く

何もかも邪念を捨てる遍路旅

春暁の美学を抱いて暦剝ぐ

北の窓閉ざして春の便り書く

玉音をいま振り返る五十年

表彰の
ネクタイ直す
妻の愛

バーベルが
挙がらず
呼吸今
ひとつ

生き
生きと
女いくさの
眉を
引く

非行児へ
両親の愛
今ひとつ

父無言背なに妥協の文字がなし

受験子の炎　夜食で母あおり

受験済む　夜は　五感も　安眠す

煮こぼれの鍋から　貰う母の味

だまし絵の空豹変し傘を買う

しきたりを受け継ぐ嫁と姑の和

古希の坂越えて勝算欲ばらず

雪囲い 厳冬迎え 撃つ構え

悪いとこばかり 似てくる親子の血

絵馬を吊る 甘えそを 神は知りつくす

冬の絵に並ぶ目刺しに死の美学
一輌で走る挽歌の赤字線
わだかまり解けてハンコを確と押す

初恋は 過去形で抱く日記帳

子の投げた笑い袋で居間和み

ふれあいの火種ひろがる招待状

鞭となる言葉を日記に今日を閉じ

寄り添って歩く日妻の老いを知り

老境を若く酔ってるクラス会

執念の出稼ぎ老境意識せず
不本意の左遷で方言から馴染み
力量へ女神が味方した勝利

ちちははの愛と別れるお立ち酒

水揚げのサンマは北の残暑抱き

慈悲を抱き修羅をも抱いて母の愛

灯を囲み積木崩さぬ家族の和

民宿の朝 海鳴りを抱いて起き

男には解せぬ女にある勇気

宇宙からこぼれ 流星放浪す
チャンス到来 大和撫子 宇宙駈け
定年の父が ひそかに割る仮面

III 写経

写経する
心は彌陀に
抱かれたく

北を出る 出稼ぎ送る枯れた視野
貫いた一揆の道に血が滲み
庭石が抱いたある日の酸性雨

毒舌の毒に火がつく絡み酒

単身の父へ家族の長電話

睡眠を削って受験子修羅競う

海鳴りを背に民宿の情に触れ

飽食の絵から米粒こぼれ落ち

万歩計　刻みが減った寒の入り

生と死の境いさまよう神頼み

血圧を上げない心の塩加減

輸入米 瑞穂の国は 悲哀抱く

長生きの美学へ減らす酒たばこ

嫁ぐ日の涙は父母へ置く感謝

望郷の手紙飯場の隅で書く

柿の朱が梢に光る霜の朝

血の濃さに負けぬ雑種のハングリー

長寿国支える明治の土性骨

凶作の田へ
木枯しが
吹きこしてくる

手料理へ山菜の詩がほろ苦い

春風の媚びに蕾は恋の彩

転作へ農迷路から抜けきれず

ビル街の迷路へ出張する孤独

日本の平和が迷うPKO

独り者気軽に僻地へ赴任する

川柳も釣りも両手に余る喜寿

川柳をエキスに喜寿の若い艶

セットした髪を乱して春一番

少年の夢Jリーグへボール蹴る

歳時記を抱いて農夫の浮き沈み

豪農の名残り柱の黒光り

稲光り女のポーズ崩れかけ

新妻のハミング幸せからこぼれ

さい果ての地へ一枚の辞令抱き

定年のとばりおろしてフルムーン

喝采のない幕が開く政治劇

宇宙船点火賢治のロマン追い

席ゆずる
情けへ感謝
バスを
降り

人情の
ぬくもりに
触れ
北の旅

ボーナスが減って景気の冷えを知り
年金は終章までの良き伴侶
定年の安堵鎖の音も消え

セールスの粘り人間の甘さ知り

相槌をうつ嫁姑へ灯が円い

南部弁やませへ怒気を叩きつけ

翠穂

眼帯をとって　光の幸を浴び

元旦の飽食　平和を噛みしめる

風習にこれから染まる嫁

野良着

転勤の辞令も入れるダンボール

弱虫の出世に驚くクラス会

錯覚の見合いが決めた美男美女

時間表捨て　紅葉を独り旅

眺望の丘も都市化へブルの音

イヌワシがたまごを包む　明日の夢

みちのくも黄色に埋もれ秋仕舞い

出稼ぎに縋る話しは南部弁

生き抜く日終着駅は始発駅

伝統を子が継いでいる能舞台

ストーブの情けに触れる雪の駅

雪を売る活路も雪に泣いた村

追憶を捨てたい郷の川が枯れ

着ぶくれて冬の雀に似た丸味

北の貨車へばりつく雪乗せて発ち

不況風吹いても老舗の負けぬ意地

節分の鬼にもなってる父の独楽

廃坑のレールが錆びていく挽歌

生きて
来た
童画の森の
視野が減り

神の居た逆転無罪に乾杯す

神様を多忙にさせる絵馬の数

初孫を囲んで祖母は独楽になり

定年の
これから
余白へ夢を
塗り

頂点の風に逆境糧にする
ランドセル教育ママの定期持つ
夫婦箸だけの小さな愛静か

古都の
寺巡って日本の
艶にふれ

省エネへ灯りも熱も削る事務

ワープロのキーへペンダコ消えてゆく

電卓へソロバン哀しきリズム吐く

巡る季の喪の風を吸う彼岸花

ケロイドの恐怖が透ける積乱雲

手団扇に浴衣が似合う夕涼み

蟬しぐれ抱いて大樹の影法師

望郷の鮭を非情な網が打ち

赤字線 車輌ひとつで折り返し

人間の
妙技が
生きてる
ウルトラC

海は冬 たき火を漁夫におごられる

流氷の漁場へ根性賭けた網

すり切れたサケを母なる川が抱き

新米も哀歓を抱く輸入米

豊漁のサンマへ哀詩を綴る漁夫

長寿村 野菜畑の視野を抱き

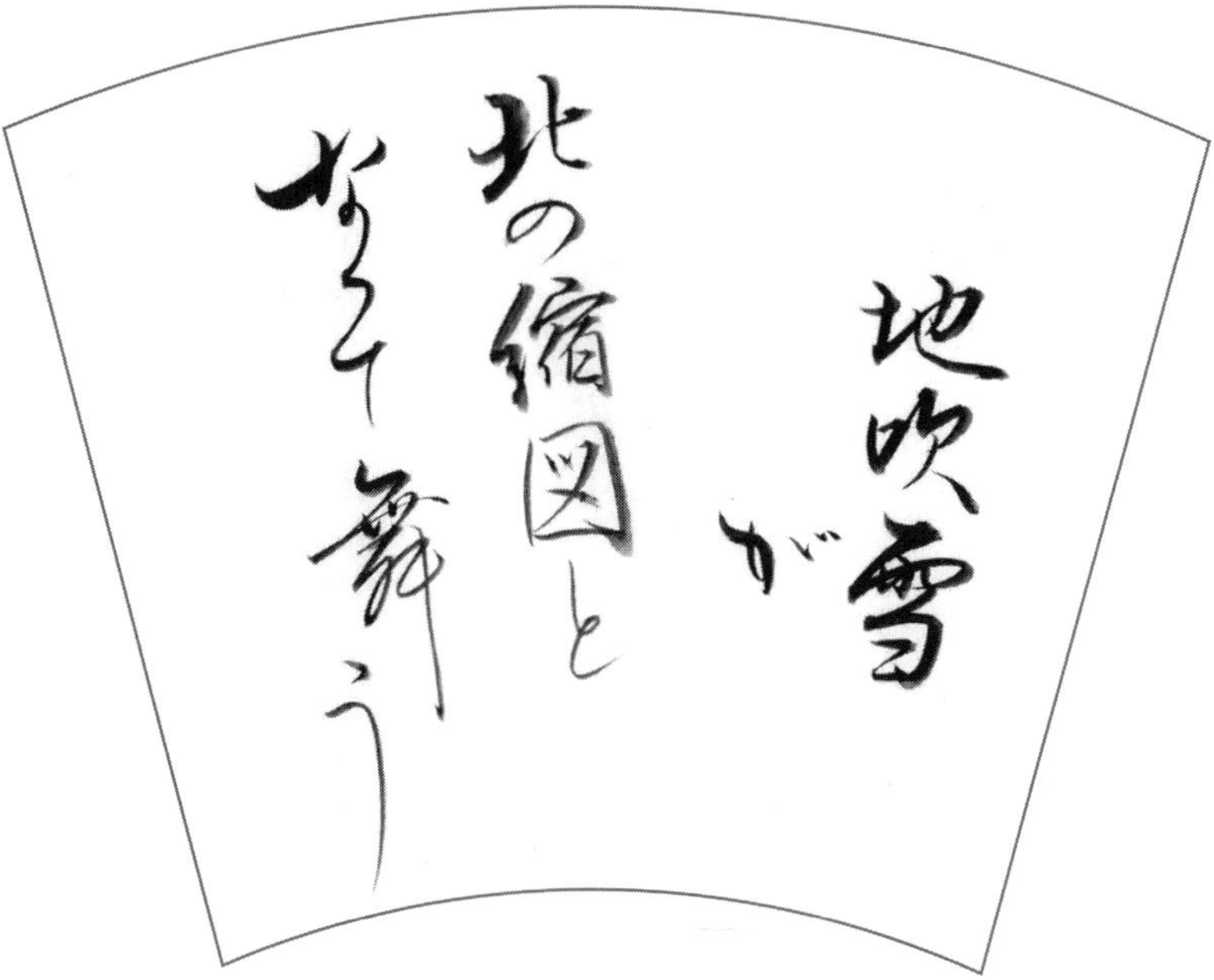
地吹雪が
北の縮図と
なって舞う

ヤマセから農を生き抜く顔の皺
消えてゆく世代明治の土性骨
美しき鼓動リアスの海の歌

嬌声をこぼしてジェットコースター

忘れたい思い出よぎる春小雨

本心を託して妻の活ける花

初恋の
花弁を
抱いてまだ
独り

健康の
自信を
風邪に
もぎとられ

リゾートの
平和な里の
花と
蝶

Ⅳ 愛犬

愛犬の紐の長さにある自由

プライドを削ると素顔見えてくる

生きざまを彫った背筋を曲げぬ父

遠い日の柱の傷と母が住む
惚れ込んだ土に迷わず種を蒔く
過労死の手帳悲しく分刻み

平均を越えた寿命を良しとする

石橋を叩く心で介護する

天に謝し地に謝す農の小昼どき

天と地に感謝農夫は汗を拭く

子を生んで母の子育て分かりかけ

羊水の神秘に命包まれる

人情に包まれ輪から抜け出せぬ

くつろぎの お茶でいのちの刺を抜く

特急の窓辺で 手話に似る別れ

人情に脆く小骨を抜いてやる

盲導犬人間に無い誠実さ

子の自炊母はこまめに電話する

糠床に母の歳月詰めてある

全自動愛も情けも消した家事

エリートも躓く人間らしい事故

難民を思う三食のありがた味
天に地に摑むものあり賢治の手
両の手に職人魂を眠らせる

黒雲が うかつに呼んだ酸性雨

世界一長寿に日本女性の血

北国の汚染なき川 知る白鳥

妻の手の中で弾んだ毬で生き

スパルタに耐えてる脈のある若さ

たっぷりと注がれた酒に本音吐く

ホームレス畏れる人もなく生きる

家中の祈り初日へ正座する

絵馬祈願して勉強は欠いている

安らぎは　きれいなトイレの旅心

一合の酒　良薬にして眠る

潮騒の鳴咽が語っている戦史

鳴き砂の音を詩人になって聞く

輸入米古米瑞穂の国の悲話

湖を神駆け抜ける凍裂音

屹嵂の海から癒えぬ戦史聞く

両輪の愛に温もる子の眠り

農の汗冷やしてくれる小昼どき

もう名刺　使わぬ暮らしの日が長い

定位置の夕餉　家族の顔揃う

人ひとり　許すと胸の霧晴れる

ハネムーンの空港親もエキストラ

止まり木が欲しくて路地へ回り道

繋がれて犬は人間臭くなる

幸せを妻は　銘銘皿に分け

マジシャンの箱は　方程式を秘め

遅刻して命を拾う　運もあり

横顔のアングル笑っている鬼神

柝乃花カムバックする星が冴え

闘病の命へ溶かす朝の粥

生命の神秘クローンに神も負け

富士を見る孤児には遠い日が消えず

旅立ちの稚魚は流れへ群になる

晩秋のカマキリ雄の死が哀れ

限られた命を鳴いて虫の恋

煽ってる妻は磁石をかくし持つ

かたくなに意地を通して孤立する

遠洋の髭に岬のやさしい灯

上弦の月に刃こぼれ明日へ研ぐ

雨風の非情に花の美貌病む

灯台の白い孤独と撮った旅

荷物にも杖にもなって夫婦旅

転校の茶髪が的になるいじめ

翔んでいる才女心に万華鏡

拳骨をこらえてからの不整脈

心地良い汗 疲労から溢れ出る

明日の絵を米寿の宴に描き達者

躓いた老いさき 敷居が記憶する

山菜の旬と地酒を酌む至福

少女夏ノースリーブでレモン噛む

傷心の友笑わせてピエロめく

雲
行きを
読んで
口には
チャックする

善人と
言われて
仮面外さ
れず

遠足へ
テルテル坊主を
孫信じ

筋
書きは
神様だけが
知る
けじめ

引退の
美学
けじめを
模索する

洗われた
心眠りを
深くする

主義のない
とんぼふわりと
波に酔う

正直な
視野に
入らぬ
回り道

職安で
世知辛い世の
友ができ

年金の
範囲で幸せ
ごっこする

初春の妻
よろこびの
色を
着る

団結の
鎖で
鬼と
渡り合う

仏滅に
結びの神
と妥協
する

甚平に
変えると
涼風
寄ってくる

風鈴の
かぜは
五体に柔
らかい

205 翠穂

V

名水

名水を
瓶詰にする
村
おかし

姑にも
出番団子が
丸められ

生き、
甲斐に子が
いて土台
崩れなく、

助け合う愛を
師走の風が
知り

北風の
かけらを
白鳥抱いて
去り

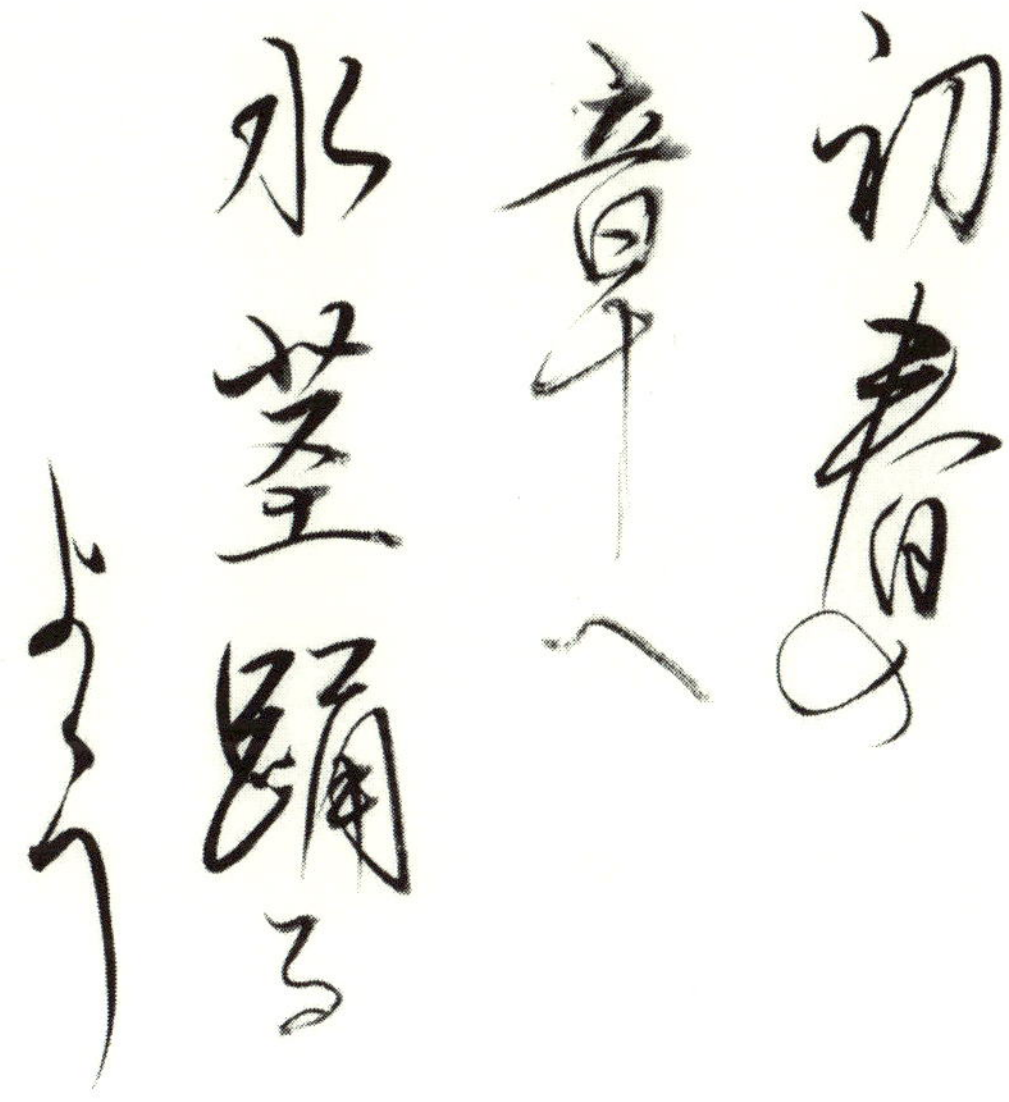
初春の
音へ
水茎踊る

人間の
エゴから
不満
ほじくれ

はつかりの絵に自分史の駅がある

厨房で妻ハミングのボーナス日

霊場に涙の染みた石ばかり

ペダルにも休息させる下り坂
Uターンをして転職にある若さ
逆境に耐える姿で冬の旅

福寿草　空虚な窓辺に春気分

木もれ陽に裸身が光る冬木立

歯車の努力に似てる母の位置

風習のしがらみを解く嫁の知恵

一筋の道哀歓を織る夫婦

里の秋寂しい彩で落葉積む

北国へ運んだ春に　無色の芽
人生へ　喜怒哀楽を綴じる糸
汚染なき水　白鳥も鮎も知り

沢庵が北の年輪語り継ぐ

晴れた日のドラマのろしの音も冴え

小春日の地で冬へ向く蟻多忙

病葉を敷いて 初冬に 庭の絵図

陳情へ 市民が燃える小さな輪

木偶だって ライフワークを抱いて生き

 翠穂

天職と決めて農夫は土と生き
漁火の彩回遊のイカを呼び
初老感地に向うように尾根登る

弔電の数現職の死を悼み

袋ごと出す月給は妻まかせ

新聞の投書でお役所腰を上げ

こわばった顔で仮免街へ出る

ドラマなき家路定時に退社する

笑えないハウス野菜にある喜劇

ぐみ・すぐりメニューに野鳥自我の舞

蝶に罪ゆるした多感な花の性

夏を背に蟬は短かい旅を逝く

蝶の死へ哀しい戯画を蟻描く

秋告げるようにに虫の音月が澄み

ビル街の空が四角に澄んで秋

命ある限り葉陰に蝉孤独

四苦八苦逃れる女家裁出る

津軽三味意地と悲哀を語り継ぐ

小心の呼吸を嘲う心電図

ハイウエイ民話を秘めたけもの道

落日の影へ残した明日の農

逃げ道をつくり本音を覗かせる

父親は寄せない母と娘の対話

駅弁の隅に生かした土地の味

連休も心豊かに 農の汗

灼熱の恋 逆風に悩まされ

人間の欲 セールスの罠へ落ち

残業で灯すビル街 決算期
職歴を若人仮面のように変え
信頼の上司から得る人情味

北の果て連絡船は自負と消え

望郷の念一枚の辞令抱き

栄転の辞令で運を鷲づかみ

反省の文字を末尾に日記閉じ

幕降りてピエロの道にある悲哀

五月病うぶな背広を責め立てる

昇進の行く手勤勉さを買われ

調教の鞭 背骨から野性吸う

合併の村から消えてゆく因習

ライバルの挑戦状めく賀状来る
核を消す米ソのマジック・ショーが派手
まあまあの舞台米ソで核を消す

白鳥を迎える北のノスタルジー

本心を酒の力が覗かせる

玉音の日から消えない平和論

敗北の地点　夜長の酒で悔い

郷愁の絵図甦るクラス会

運命の苛酷　単身辞令抱く

出稼ぎの冬を繋いだ訛り聞く
意地という鎖で耐える北の性
昭和史へ明けて平和の彩重ね

一枚の辞令に年賀はねずみ算

新雪を譜に自叙伝へ一歩踏む

乱心の底に小さく泥を抱き

炎天のビール乾いた世辞と飲み

命がけトカゲ尻尾を手に残す

花嫁の姿見とれる父孤独

青春の空白はしゃぐ街で埋め

はしゃぐ子が寝ず出稼ぎの父帰る

日本酒の星 伝統の杜氏を生み

白鳥が舞う郷愁の川が冷え

隣り合う机職場で結ばれる

クラス会恩師一夜を若く酔い

中卒の初心を送る無人駅
年輪を刻む風除け北の意地
遅咲きの花は孤独な庭の絵図

成島の和紙が時世を越えて生き

飽食の世相に素朴な鮎賞味

きのこ汁盛る民宿に秋の自負

高原に賭けた野菜に秋の艶

赤い羽根秋へ福祉の朱を添える

感情線消して女は愚者となり

花嫁へ語尾美しく祝辞締め

青春の字幕優雅な独りっ娘

祭り笛抱いて　初秋の風無口

商戦の街カラフルな詩が踊る

楢山を越える日父の靴光る

森の貌哀し病葉地に還る

 翠德

追憶の風が錦の森を翔び
秋を背に虫のリズムの旅が逝く
秋色に夢捨てた貌こぼれ萩

一粒の飯を飢餓知る手が拾う

偏差値の風ランドセルはや背負い

都市砂漠コンクリートが視野に棲む

その遊戯
手が太陽に
なり
星になり

翠穂

月見草
農夫の鎌が
刈り残し

翠穂

蒸汽車の
敗北の地を
眠らせず

翠穂

凛凛しくも
天馬平和な
千歳飴

翠穂

リリーフは
天馬の右に
任せられ

翠穂

中学で
養いし
大人への力

翠穂

戯れの書きし天馬に海がある　翠穂

夢詰めた天馬門出のランドセル　翠穂

自転車で
天馬みだりを
駆ける風
翠穂

思いっきり
天馬が飛ばす
雨打席
翠穂

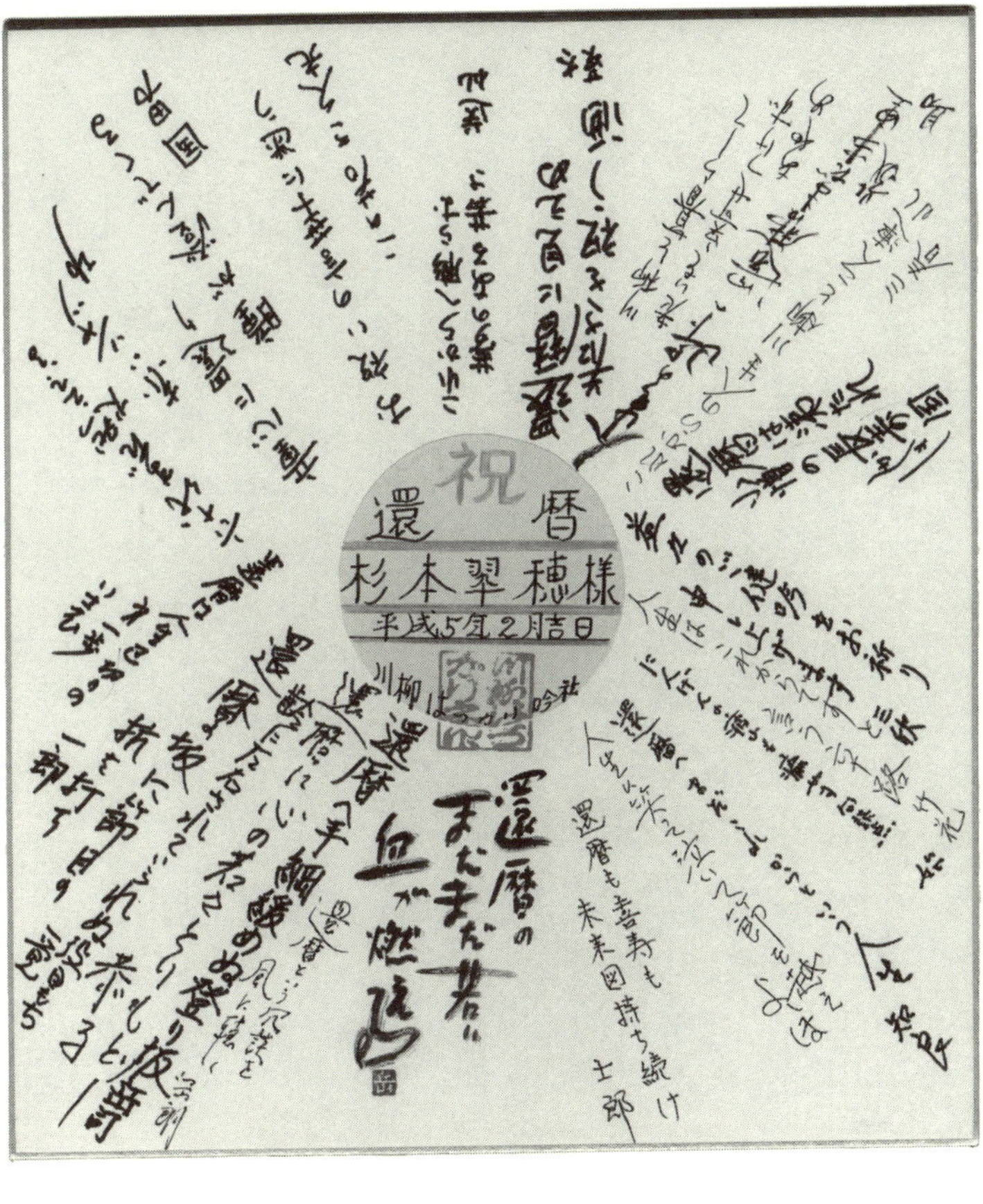
祝
還暦
杉本翠穂様
平成5年2月吉日
川柳はつかり吟社
還暦のまだまだ若い血が燃える
還暦も喜寿も未来図持ち続け
士郎

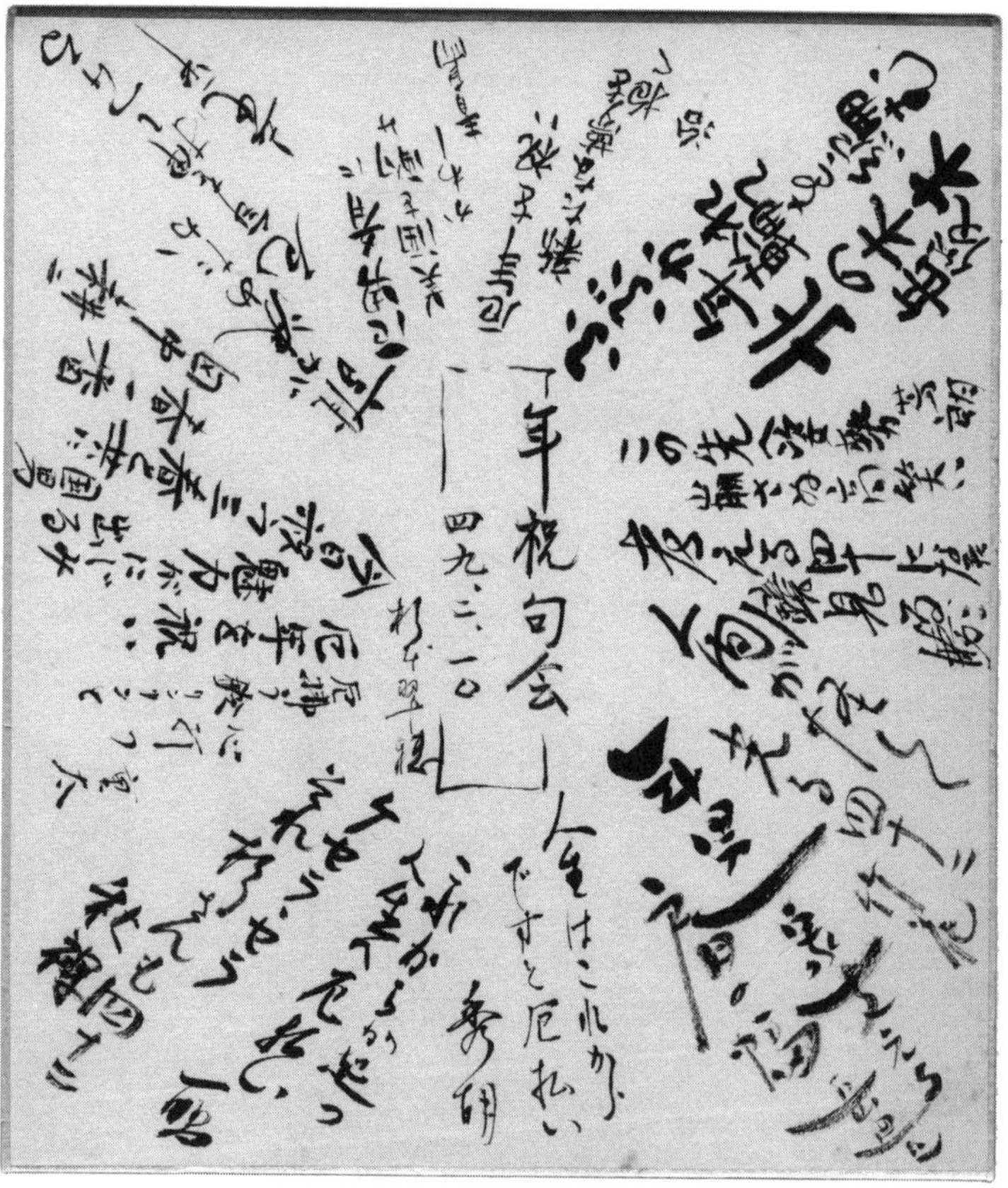
厄年祝句会
四九・二・一〇

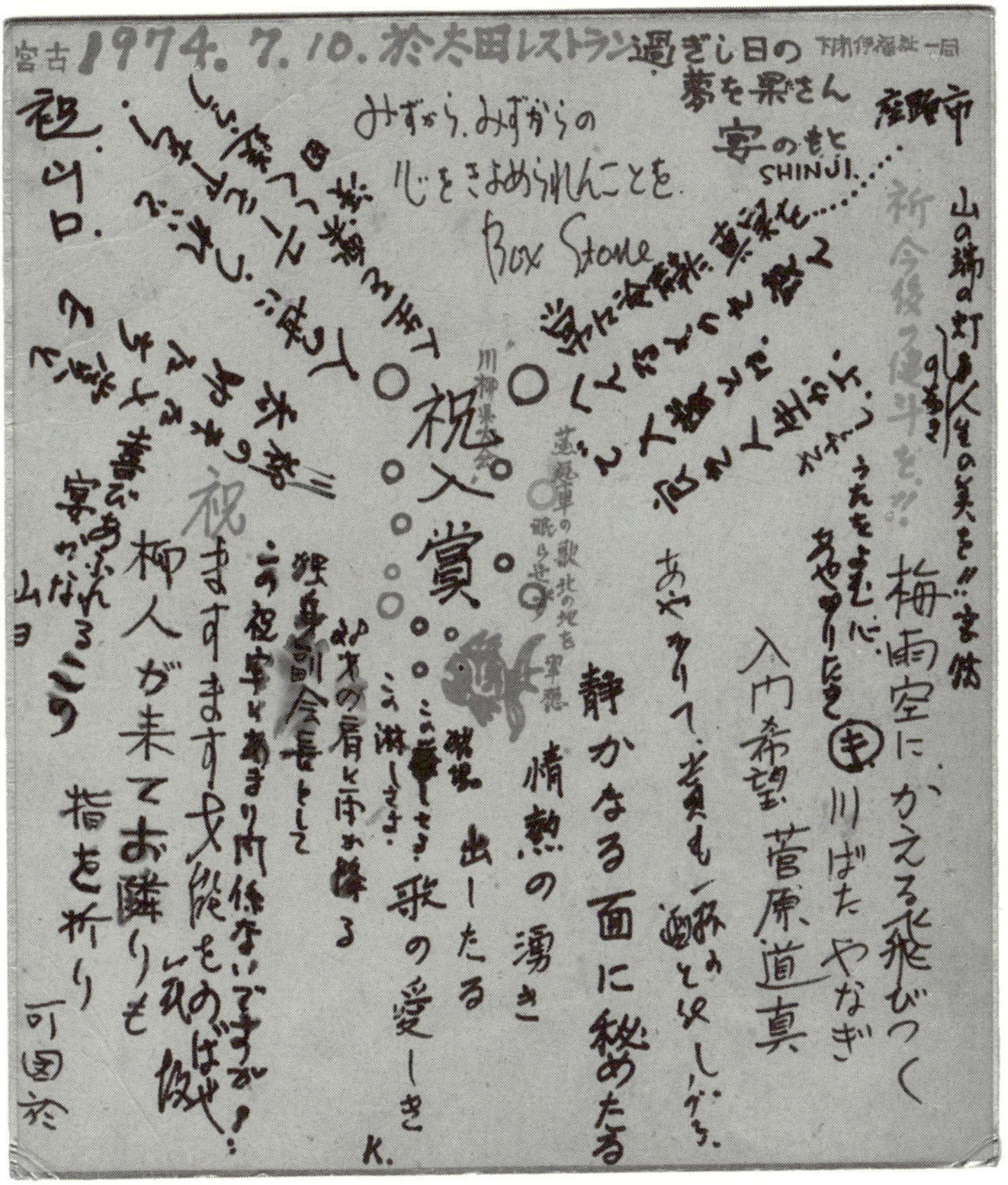
1974.7.10.於太田レストラン過ぎし日の夢を果さん
宴のもと
SHINJI
みずから、みずからの心をきよめられんことを
Box Stone
祝入賞
梅雨空にかえる飛びつく川ばたやなぎ
入内希望 菅原道真
静かなる面に秘めたる情熱の湧き出したる歌の愛しき
K.
柳人が来てお隣りも
指を折り

NATIONAL PARK NIKKO
日光国立公園
KEGON WATER FALL
華厳滝 97m
観光記・念
2003年 10月 6日

著者と夫人

あとがき

杉本翠穂は三年前に体調を崩しまして、現在は休養しております。

杉本は自分の川柳句集を作りたいと、前から言っておりました。

彼の大切にしていた一冊の川柳手帳を私の妹の林京華《はやしきょうか》が見まして、その川柳作品を一句ずつ揮毫《きごう》してくれました。それが五冊のファイルとなったのです。そのファイルを基としまして、句集作成を佐藤岳俊氏にお願いしましたところ、こころよく引き受けてくださいました。自分の分身である句集「翠穂」が出来ることを、本人が一番喜んでいると思います。

妹や家族と共に喜びたいと思っております。

佐藤岳俊氏そして出版に際しまして、お世話になりました新葉館の竹田麻衣子さんに心から感謝いたします。

平成二十六年九月一日

杉本　孝子

【著者略歴】

杉本翠穂（すぎもと・すいほ）

昭和8年　岩手県盛岡市生れ。
昭和27年　岩手県立高松高等学校
（現、岩手県立盛岡工業高校）卒業。
昭和27年　岩手県職員
昭和40年頃　川柳はつかり吟社同人
のち、川柳はつかり吟社副主幹
平成4年　岩手県職員退職

現住所　〒020-0004 岩手県盛岡市山岸6-19-2

川柳句集　翠穂

○

平成26年10月1日　初版発行

著者
杉本翠穂

編集人
佐藤岳俊
岩手県奥州市胆沢区小山字斎藤104-1　〒023-0402
TEL&FAX　0197-47-1071

発行人
松岡恭子

発行所
新葉館出版
大阪市東成区玉津1丁目9-16 4F　〒537-0023
TEL06-4259-3777 FAX06-4259-3888
http://shinyokan.jp/

印刷所
亜細亜印刷株式会社

○

定価（本体1,800円+税）

ISBN978-4-86044-568-3